LES LILAS

ET

LES CYPRÈS

POÉSIES

PAR JUSTE-URBANIE AUVERT

INSTITUTEUR.

PARIS

CHARLES NOLET, LIBRAIRE-ÉDITEUR,

PASSAGE DU COMMERCE, 3.

VILLIERS-LE-BEL, PILLOT, LIBRAIRE.

MDCCCLIV.

TABLE DES MATIÈRES.

LILAS ET CYPRÈS

FABLES

LES PASSERELLES

FRAGMENTS INTIMES

PAR AMAURY BOUÉ (DE VILLIERS-LE-BEL).

PARIS. — DE SOYE ET BOUCHET, IMP., PLACE DU PANTHÉON, 2.

LILAS ET CYPRÈS

A M. L***,

MEMBRE DE L'INSTITUT.

ÉPITRE.

Toi qu'un signe d'honneur si noblement décore [1],
Savant dont l'Institut à juste droit s'honore,
Par les nombreux travaux dont le pénible cours
Occupa sans relâche et tes soins et tes jours ;
Souffre qu'en ta faveur ma jeune et douce Muse
Hasarde quelques vers où son esprit s'amuse,
Quand mon travail fini lui permet du loisir.
C'est pour elle un doux soin d'où naît un vrai plaisir.
Heureux lorsque le ciel, à mes souhaits propice,
Présente à mon génie, en vivante notice,
Quelque bienfait nouveau qu'il se plaît à bénir.
Qui ne prétend à rien mérite d'obtenir
L'éloge, ce nectar aux Dieux même agréable
Que le poëte sert d'une main équitable.
Mais, pour moi, le mortel qui, sans prétendre à rien,
Sans ostentation aime à faire le bien ;
Celui qui des vertus fait son bonheur suprême ;
Ce mortel sans orgueil, ô L***! c'est toi-même.

[1] Commandeur de la Légion-d'Honneur.

De ce point je pourrais, auteur ambitieux,
Prendre, pour te louer, mon essor vers les cieux ;
Te chanter sur le ton d'Horace ou de Pindare :
Je redoute pour moi le triste sort d'Icare ;
Je tremble que mon vol, retombant sur l'écueil,
N'aille au fond de l'abîme expier son orgueil.
Lors, l'effroi, réprimant mon zèle et mon audace,
M'arrête tout à coup, me confond et me glace ;
Ma verve, qui se sent par cette voix tancer,
A ce noble dessein est prête à renoncer ;
Quand un devoir plus cher, la rassurant d'avance,
De ta bonté lui fait espérer l'indulgence.
Oui, de toi, dans mon cœur, quand le doux souvenir
Gravé par tes bienfaits à mes yeux vient s'offrir,
Je ne saurais me taire ; et ma reconnaissance
Rend grâce dans ces vers à ta munificence.
Toutefois, sans prétendre à l'admiration,
Donner fut ton plaisir et ton ambition :
Je n'en veux pour témoin que ce jour mémorable
Où, suivant le penchant de ton cœur charitable,
Comme d'une parure on détache un joyau,
De ta maison des champs tu dotas ce hameau ;
Afin qu'en ce séjour l'heureuse enfance instruite,
Apprît, par mes leçons, à régler sa conduite,
A nourrir, à parer son esprit et son cœur
De ce savoir qui doit faire un jour son bonheur.
De l'homme généreux tout m'offre en toi l'image :
Tout le bien que tu fais te rend un juste hommage.
Combien je me retrace avec un doux plaisir
De tes actes passés le noble souvenir !
Ceux à qui ta bonté fut si souvent propice :
Ces mortels qu'honora ta faveur protectrice ;

Ces bienfaits éclatants dont nous sommes témoins,
Ces dons distribués par ton ordre et tes soins,
Dans notre humble village, à toutes les familles ;
Afin que tous, vieillards, enfants et jeunes filles,
Pères, mères, époux, jusqu'au dernier soupir,
Gardassent de ton nom le pieux souvenir !
Rappellerai-je, enfin, qu'à ta main libérale
Plessis-Gassot a dû sa maison communale,
Et son riant jardin, son parterre fleuri,
Délicieux Éden de ma Muse chéri ?

Oui, c'est dans ce séjour dont je fais ma retraite,
Qui procure à mon cœur le repos qu'il souhaite,
Qu'assis à l'ombre, au frais, sous mes lilas en fleurs,
De quelque fraîche idylle arrangeant les couleurs,
Dans le calme et la paix, libre d'inquiétude,
Je cède sans remords à mes goûts pour l'étude.
Là, sans former jamais de trop vastes désirs,
Par d'utiles travaux je remplis mes loisirs ;
C'est là qu'après les soins donnés à la jeunesse
Je consacre au jardin les moments qu'on me laisse.
Chaque aurore m'y voit, ainsi que chaque soir,
Traîner un long râteau, promener l'arrosoir.
Je trouve, à mon retour, sur ma table frugale,
Un repas sans apprêt que sans luxe elle étale ;
J'y bois le frais nectar de la pomme exprimé,
Des pauvres laboureurs breuvage accoutumé.
Le jardin tous les ans, grâce à la Providence,
Pour prix de mes sueurs me verse l'abondance.
Le printemps, de sa main, me présente à la fois
Le doux parfum des fleurs, la laitue et les pois.
Là reverdit l'oseille et croît la chicorée,

Et d'un vif incarnat la cerise empourprée,
Brille comme un rubis aux rameaux suspendu ;
Je suis tous ses progrès d'un regard assidu.
L'été mûrit la fraise et rougit les groseilles.
Le raisin se colore en pourpre sur mes treilles.
L'automne, de ses dons chargeant mes espaliers,
Sous le poids de leurs fruits fait plier mes paniers.
Sous un berceau de pampre ou de vert chèvrefeuille,
Souvent pour méditer mon âme se recueille ;
Assis sur un vieux banc que la mousse a verdi,
L'été, j'y brave en paix les ardeurs du midi.
Là, comme ce vieillard que célébrait Virgile,
Aux amis qui viendront visiter mon asile
De ma tranquillité racontant la douceur :
C'est, leur dirai-je, un Dieu qui m'a fait ce bonheur.

Mais pourquoi t'ennuyer de mes propos étranges ?
Je sais que tu n'as pas besoin de mes louanges :
Oui, sans être aujourd'hui divulgués par mes soins,
Tes mérites cachés n'en subsistent pas moins.
Avec soi la vertu porte son témoignage ;
Tout indiscret éloge est pour elle un outrage.
Quand, d'ombre et de silence aimant à s'entourer,
Tes modestes bienfaits craignent de se montrer,
Je ne veux pas alors, par mes discours frivoles,
Abuser plus longtemps de tes soins bénévoles ;
Ni surtout que mes vers aillent mal à propos
Interrompre le cours de tes doctes travaux.
A l'Institut de France un devoir te réclame ;
Et, tandis qu'à des vers on occupe ton âme,
Tu ne peux pas ailleurs, malgré ton bon vouloir,
Dispenser les leçons de ton vaste savoir.

Depuis longtemps peut-être, avec impatience,
Un aspirant t'appelle au banc de la science ;
C'est un homme pétri de grec et de latin
Qui vient à ton savoir soumettre son destin ;
Qui, cherchant tour à tour et craignant ta présence,
Veut d'une épreuve enfin dont il poursuit la chance,
Comme on voit des mortels tenter celle d'hymen,
Se présenter à toi pour subir l'examen ;
Qui, préparé d'avance au danger qu'il affronte,
A la Sorbonne attend son diplôme ou sa honte.
Sur l'heure qui s'écoule il fixe ses regards,
Accuse tes lenteurs, se plaint de tes retards ,
Sans respect pour l'honneur que tu daignes me faire
De lire ce discours que j'écris pour te plaire.

Ainsi donc sur ce point ne crains pas plus longtemps
Que je tienne, ô mortel ! ton esprit en suspens,
Pardonne si, pour toi sortant de ma réserve,
J'ose t'offrir ces vers, faible essai de ma verve ;
Accepte de mon cœur ce sincère tribut,
D'opiniâtres efforts noble et pénible but.
La critique à ces vers peut trouver à redire ;
Et sur tous leurs défauts de pitié peut sourire ;
Mais, sans prétendre ici réfuter ses raisons,
Je ne puis toutefois, quand j'ai part à tes dons,
Quand partout de ton cœur on vante l'excellence,
Garder sur tes bienfaits un indigne silence.

Janvier 1852.

SOUVENIR DE MADAME L** .

ÉLÉGIE ADRESSÉE A SON FILS.

> Ce qui irrite la douleur dans un temps
> l'adoucit dans un autre.
> (FÉNELON.)

D'intimes souvenirs ce séjour tout peuplé
Sous ses pas maternels fut autrefois foulé :
Quand s'armait de ses feux l'ardente canicule
Dont la vive chaleur en nos veines circule,
Chacun la revoyait, le cœur las de Paris,
Implorant un ciel pur et des sites chéris,
Déposer sur le seuil de sa maison tranquille
Les cris tumultueux, les chagrins de la ville.
C'est là, lorsque l'aurore à l'horizon vermeil
Annonçait aux mortels le retour du soleil,
Qu'au souffle du zéphyr, entr'ouvrant sa fenêtre,
On la vit dans ce souffle aspirer son bien-être ;
C'est là que sous le pampre, assise près du seuil,
De ton cœur filial fêtant le doux accueil,
Elle écoutait chanter le pinson sur sa branche.
Quand le septième jour ramenait le dimanche,
Au sortir de son seuil, suivant un vert sentier,
A l'église du lieu son cœur allait prier.
Quelquefois, l'âme encor de félicités pleine,
Elle enivrait ses yeux des beautés de la plaine.
Quand le ciel se parait des splendeurs du couchant,
C'était, surtout pour elle, un spectacle touchant

Que de voir du soleil la lumière mourante,
De pourpre colorant la nue étincelante,
Aux cimes que ses feux illuminaient encor,
Jeter, comme un adieu, ses derniers rayons d'or.
Quand de ses souvenirs l'image retracée
De ses charmes secrets entretient ta pensée,
De ce passé si beau l'ineffable douceur,
Comme un son qui revient, vibre encor dans ton cœur !
Je sais de quel amour tu chérissais ta mère !
Je sais que, chère encore à ta douleur amère,
Sa mémoire touchante en tous lieux suit tes pas;
Comme si sa belle âme, au-delà du trépas,
Fuyant de son séjour, voulût bénir encore
Les bienfaits répandus par ta main qui l'honore.
Enlevé d'ici-bas par Dieu, dans ses secrets,
Ce doux cœur qui t'aima mérite tes regrets :
C'est la plus belle fleur de ton front détachée,
Et par le temps jaloux de sa tige arrachée !
C'est un astre de moins qui brille sur tes jours,
Dont la lumière amie en éclairant le cours,
Guida tes premiers pas au chemin de la vie.
Faut-il qu'à ton amour le trépas l'ait ravie,
Celle qui fut toujours ton plus cher entretien
Et dont le seul bonheur consista dans le tien !
C'est que tout en ce monde est de courte durée;
C'est que le Dieu qui règne à la voûte azurée
N'a mis l'homme ici-bas que pour quelques instants,
Semblable à cet oiseau qui chérit le printemps,
Qui, lorsque le soleil s'éloigne de nos plaines,
Prend aussitôt son vol pour des plages lointaines.

Maison commune du Plessis-Gassot, janvier 1854.

1.

HYMNE A LA VIERGE

LE JOUR DE L'ASSOMPTION.

Vierge dont l'auréole sainte
Brille d'un éclat immortel,
Des cieux contemple en cette enceinte
La foule assiégeant ton autel :
C'est en ce jour, tendre Marie,
Que ta protection chérie
Devient l'objet de nos désirs;
Et que l'Église avec ivresse
Redit, dans ses chants d'allégresse,
Et ton triomphe et nos soupirs!

Loin de ce globe de misère,
Jadis témoin de tes douleurs,
Le Christ, au séjour de son Père,
T'élève à d'éternels honneurs.
Par quel miracle, ô chaste Reine !
De Dieu la faveur souveraine
T'affranchit des lois du trépas?
Des airs pour te frayer la route,
Qui mène à l'éternelle voûte,
Mille anges volent sur tes pas.

Déjà le Ciel ouvre les portes
De ses palais étincelants.

Déjà les célestes cohortes
Ont reçu tes pas triomphants.
Quelle majesté t'environne !
De quelle gloire te couronne
La main du Roi de l'univers !
A l'envi, des saintes phalanges
Le chœur entonne tes louanges
Et te célèbre en ses concerts.

L'éclat des roses matinales
Pâlirait près de ta beauté ;
Le lis aux couleurs virginales,
Le lis a moins de pureté ;
L'astre des nuits, sur les collines
Semant ses lueurs argentines,
Est moins propice au voyageur ;
Et le soleil, dont la carrière
Dispense aux mortels sa lumière,
T'environne de sa splendeur.

Dieu, d'une faveur précieuse
Verse en ton sein tous les présents;
Ces dons, en ta main gracieuse,
Pour absoudre sont tout-puissants :
Heureux le chrétien qui t'honore !
Heureuse la voix qui t'implore !
Heureux les cœurs que tu défends !
Mère du Christ ! quelle tendresse
Dans ton regard, quand il s'abaisse
Avec amour sur tes enfants !

Ce regard toujours favorable,
Jamais on ne l'implore en vain ;
Aux pas égarés du coupable
Du ciel il montre le chemin.
Phare divin ! splendide étoile !
Des marins tu guides la voile,
Tu les ramènes vers le port.
Aux rayons de ta clarté pure,
Le mourant que ta voix rassure
Voit sans crainte approcher la mort !

Comme un cyprès qui, sous son ombre,
Offre un asile à la douleur,
Toujours, quand le présent est sombre,
Aux affligés s'ouvre ton cœur.
O Vierge dont l'amour éclaire !
De ta puissance tutélaire
Puissions-nous goûter les bienfaits !
Comme cet olivier fertile
Donne avec son ombrage utile
Des fruits de douceur et de paix.

Rends au pécheur qui te supplie
La paix, l'innocence du cœur ;
Dans l'âme souffrante, affaiblie,
Verse un baume consolateur ;
Puis, s'il en était que le doute
Égarât parfois dans leur route
Et tînt éloignés du saint lieu,
Dispense à la nuit de leur âme
Un divin rayon de ta flamme
Pour qu'ils puissent retrouver Dieu.

Sois le soutien de l'orpheline
Dont ici-bas la joie a fui,
Beau lis qui vers le sol s'incline,
Dont l'orage a brisé l'appui.
Pour calmer sa douleur amère,
Dans les cieux montre-lui sa mère
Heureuse parmi les élus !
Ne laisse pas inconsolée
La veuve en pleurs au mausolée
Du bien-aimé qu'elle n'a plus !

Porte des cieux, arche nouvelle,
Gage du salut des humains !
Quand, vers ta bonté maternelle
Levant de suppliantes mains,
Nous implorons de ta clémence
Le pouvoir ineffable, immense,
Qui fléchit le Dieu des chrétiens,
Fais que, de l'exil de la terre,
Au sein de la céleste sphère
Nos pas un jour suivent les tiens !

Août 1852.

LA CONSOLATION.

ÉLÉGIE

A UNE MÈRE SUR LA MORT DE SA FILLE.

Oui, tu perds en ce jour une fille adorée,
Toi qu'afflige sa mort, mère en proie aux douleurs !...
Tandis que de leurs traits ton âme déchirée
Traîne en tous lieux son deuil et ses soucis rongeurs,
    Permets que des paroles saintes
Apaisent dans ton cœur les soupirs et les plaintes.
Et ma tristesse alors, à tes maux se mêlant,
Calmera par degrés l'angoisse maternelle ;
Et versant sur ta plaie un baume consolant,
    Mes pleurs la rendront moins cruelle.
Oui, ta fille n'est plus ; l'impitoyable mort
A ton amour, hélas ! pour jamais l'a ravie !
    Du calice amer de la vie
  Sa lèvre à peine avait pressé le bord ;
Mais, l'enfant le trouvant trop pénible, sans doute,
Sa bouche avec dégoût soudain l'a rejeté ;
Et son âme aussitôt vers les cieux prit sa route.
C'est là que du Seigneur l'ineffable bonté,
    L'environnant de sa lumière,
La comble de bonheur et d'immortalité.
  Ne pleure pas, ô trop heureuse mère !
Ranime dans ton cœur le flambeau de la foi ;
C'est un ange du ciel qui prîra Dieu pour toi :
Cesse donc tes regrets et ta douleur amère.

    Mai 1853.

LA BERGÈRE INFORTUNÉE.

IDYLLE ALLÉGORIQUE.

Dans ce beau vallon
Que l'hiver assiége,
Où de l'aquilon
Qui souffle la neige,
Un toit vous protége,
Et d'un froid piquant
Un mur vous défend ;
Quelle est votre joie,
O brebis, mes sœurs !
Tandis qu'aux malheurs
D'autres sont en proie ;
Dans l'humble séjour
Où je vous rassemble
Dès le point du jour,
Vous paissez ensemble
Sans craindre les loups :
Sachant que sur vous
Ma tendresse veille,
Prête à protéger
Vos jours en danger ;
Et prête l'oreille
Pour donner ses soins
A tous vos besoins.

Dans ce lieu champêtre
Où vous allez paître,
Quand un messager
Du souverain Être
Daigne aussi paraître
Pour vous partager
Le sainfoin des plaines
Et l'eau des fontaines,
Alors je me dis :
Quand la Providence
De son Paradis,
Verse en abondance
Ses dons, ses faveurs ;
Que sa main suprême
M'entoure de même
De soins protecteurs !
Pendant les chaleurs,
Tel un chêne sombre
Sur l'herbe et les fleurs
Répand ses fraîcheurs,
Couvre de son ombre
Troupeaux et pasteurs.

Lorsque de sa sphère
Envoyé de Dieu,
L'ange tutélaire
Descend en ce lieu
Exprès pour vous plaire
Et veiller sur vous ;
De ses soins si doux
Tandis que vous êtes

Les tendres objets,
Hélas ! aux tempêtes
Mes jours sont sujets.
Mon ciel a ses brumes ;
Souvent d'amertumes
L'injuste courroux
Du destin jaloux
Abreuve mon âme.
Hélas ! en ses maux,
Mon doux cœur de femme
Implore et réclame
Des soleils plus beaux ;
Semblable au pilote
Dont le vent ballote
L'esquif sur les flots.

Et votre bergère
Qui vous est si chère,
Seule et sans appui,
Voudrait qu'aujourd'hui
L'esprit tutélaire
Qui prend soin de vous
Du destin contraire
Fléchît le courroux.
Puisse-t-il entendre
Mes vœux suppliants !
Et vouloir défendre
Mes jours innocents !

Si du Roi qui règne
Au faîte des cieux
La clémence daigne

De jours radieux
Éclairer mes yeux ,
Et de ma jeunesse
Protéger le cours,
Et par son secours
Finir ma tristesse ;
De ses soins touchants
Racontant l'histoire,
Ma voix dans les champs
Publîra sa gloire.
De son ange enfin
Si le bras divin
De foudre et d'orage
Garde mon jeune âge,
Et des noirs autans
Conjurant la rage,
Épargne l'outrage
A mon beau printemps ;
De sa bienfaisance
Gardant souvenir,
Ma reconnaissance
Fera retentir
L'écho des bocages
De son nom chéri :
Tandis qu'à l'abri
De leurs frais ombrages ,
Mon petit troupeau,
Au bord du ruisseau,
Paîtra les herbages
De ces beaux rivages.

28 décembre 1853.

LA GIROFLÉE TARDIVE.

IDYLLE.

Brillante fleur, toi qu'a fait naître
Le souffle embaumé du printemps,
Tu pares toujours ma fenêtre,
En dépit des sombres autans.

Pareille à l'amitié fidèle,
Constante au milieu des revers,
Par son odeur, ta fleur nouvelle
Me fait oublier les hivers.

Oh! que de fois, sur ma croisée,
Durant l'été, chaque matin,
D'une eau fraîche et pure arrosée,
Tu t'épanouis sous ma main!

Ainsi la timide indigence
Que la bonté vient secourir,
Ouvre son cœur à l'espérance
Devant un meilleur avenir.

L'hiver, en vain, dans sa furie,
Exerce en tous lieux ses rigueurs;
En vain, dans la triste prairie,
Son haleine a glacé les fleurs;

En l'absence de tes compagnes,
Tu nous charmes par tes couleurs ;
Quand tout languit dans les campagnes,
Tu nous prodigues tes odeurs.

Si mon arrosoir te dispense
Un peu du cristal de son eau,
Ta douce fleur, en récompense,
M'embaume d'un parfum nouveau.

FABLES

LE POÊLE ET L'AVARE.

Seule dans un poêle enfermée,
   Une souche allumée
Si lentement se consumait,
   Et par moments jetait
Avec peu de chaleur quantité de fumée,
Que l'âtre tout fumant et presqu'éteint laissait
   Seul, en sa chambre, se morfondre
Et frissonner de froid un avare hypocondre.
—Pourquoi, dit le pauvre homme avec mauvaise humeur,
   Ce poêle sans ardeur
Souffre-t-il que du froid j'endure la rigueur?
Moi, vieillard malheureux et de pitié bien digne?
Moi qui, cherchant du feu l'influence bénigne,
D'une douce chaleur implore les bienfaits,
Pour réchauffer mon corps tout courbé sous le faix
   De l'ennui, du mal et de l'âge?
— Pourquoi? reprit le poêle en jetant un soupir,
Bien loin de s'offenser d'un discours qui l'outrage;
   Est-ce à vous de gémir,
   De me gronder et de vous plaindre
   Si mon foyer vient à s'éteindre
   Et vous laisse languir?

D'un malaise fâcheux n'accusez que vous-même
    Dont la parcimonie extrême,
       Pour unique aliment,
Au lieu de deux ne met au foyer qu'une souche.

Du poêle avec raison j'approuve l'argument :
    Pour se porter au dévoûment,
L'homme a souvent besoin d'un exemple qui touche.
En tout temps l'on a vu partout l'isolement
    Ne produire que l'égoïsme ;
    Tandis que l'émulation,
    Inspirant la bonne action,
Peut enflammer les cœurs jusques à l'héroïsme.

Plessis-Gassot, le 18 mai 1851.

LE CHARRETIER IMPRUDENT.

A la forêt prochaine envoyé par son père,
Lucas, au point du jour, avec son jeune frère,
    Menant loin du hameau
      Certaine voiture
Par deux chevaux tirée, avait sans aventure
    Atteint la cime d'un coteau,
Par un chemin formé des mains de la nature.

    Les voilà dans le bois,
    Terme de leur voyage.

Par leurs soins diligents et grâce à leur courage,
Cent fagots par leurs mains s'entassent à la fois.
    Le char comblé, du village
        Aussitôt
        Il faut
Reprendre le chemin : ce n'est pas chose aisée,
    Si l'on choisit le plus court.
    Une tête bien avisée
En cette circonstance eût pris un long détour
    Pour éviter un périlleux passage.
    C'était le parti le plus sage,
Celui que la raison conseillait à mes gens.
En effet, le coteau, dans sa pente rapide,
Présentait deux chemins : l'un creusé dès longtemps
Par les pieds des coursiers et les flots des torrents,
Vrai gouffre dont l'aspect eût effrayé le guide
      Le plus intrépide ;
L'autre, en pente plus douce et par un long circuit,
D'un accès plus facile, au village conduit.
Mais du bouillant Lucas l'humeur impétueuse
    Dédaignait les lenteurs
    D'une route ainsi tortueuse.
Il choisit la première. A l'instant, des hauteurs
    L'on descend, non sans quelque peine ;
    Car le char que la voie entraîne,
    Roulant avec célérité,
    Ne peut, dans sa rapidité,
D'un péril menaçant, d'une perte certaine,
    Éviter l'instant redouté.
Lucas, luttant d'effort en cette extrémité,
Veut arrêter le char en sa course emporté ;
Le voilà qu'il enrage et peste ; il se déchaîne

Sur ses pauvres chevaux, suants, tout hors d'haleine,
Qui n'en peuvent mais,
Et qui vont désormais,
De sa témérité malheureuses victimes,
Rouler avec le char jusqu'au fond des abîmes !

J'ai ouï dire, en pareil cas,
Pour ne point éprouver le malheur de Lucas,
Que le plus court ne doit sans imprudence
Avoir sur le plus long toujours la préférence.

Plessis-Gassot, le 12 mai 1852.

LE POÊLE ET LA BUCHE ALLUMÉE.

Au fond d'un poêle ardent, qui d'une humble maison
Chauffait l'intérieur, certain morceau de chêne,
Antique débris d'un vieux tronc,
Dont jadis le superbe front
Brava l'effort des vents dans la forêt prochaine,
Se consumait à l'aise en flamme pétillante,
Et de sa chaleur bienfaisante
De sa prison de fonte inondant les parois,
La faisait rayonner en tous sens à la fois ;
Quand soudain s'en échappe une voix gémissante :
— Quelle cruelle main, quelle précaution,
Dit-il, a de nos feux limité l'action
Au contour arrondi de cette étroite enceinte ?
Sans ce poêle odieux qui me retient captif,

Mes feux en liberté se déploîraient sans crainte.
   — Et c'est là l'excellent motif
Qui t'y retient, lui dit le poêle avec justice :
Ta flamme imprudemment livrée à son caprice,
Au lieu de recréer par ses douces chaleurs,
    Aurait bientôt allumé l'incendie
      Et fait couler les pleurs
D'une famille en proie aux plus affreux malheurs !
Et de ses maux alors accusant ta folie,
    Son désespoir maudirait tes fureurs.

Ceci s'adresse à vous, éminents orateurs,
Publicistes, tribuns, poëtes, prosateurs,
Vous, dont l'ambition court après la fortune,
    Dont l'éloquence à la tribune
      Vient briguer les succès ;
Ne vous plaignez donc pas si quelque loi très-sage,
Prévenant vos écarts, réprimant vos excès,
Vous fait de vos talents faire un plus digne usage.
Modérant les désirs, réglant les appétits,
Pour vous le poêle, c'est la raison salutaire
    Qui, des grands comme des petits,
Contient l'enthousiasme, enchaîne la colère[1].

     Plessis-Gassot, le 31 mars 1851.

[1] Cette fable a été insérée dans la *Gazette de France* du 7 avril 1851. (*Note de l'éditeur.*)

LE PEUPLIER ET L'ORMEAU.

Au retour des zéphyrs, reprenant la parure
Dont l'âpre hiver avait dépouillé ses rameaux,
Un jeune peuplier, enfant de la nature,
Le long d'un vert chemin bordé de longs ormeaux,
Dressait avec fierté sa tête dans la nue.
D'un précoce ornement le jeune arbre orgueilleux,
Méprisait les ormeaux aux troncs secs et noueux,
Qui, comme lui, croissaient au bord de l'avenue.

— Que je plains, disait-il à l'un d'eux, son voisin,
    Que je plains votre destin !
Quoi ! vous dormez encor sous votre vieille forme,
Tandis qu'autour de nous tout change et se transforme ?
Voyez : de mille fleurs nos prés sont émaillés ;
D'un feuillage nouveau ma tête se couronne ;
La nature, au printemps, remontant sur son trône,
Vient parer les bosquets par l'automne effeuillés,
Tandis qu'en ses canaux, languissante et tardive,
    Votre sève toujours captive
Laisse voir vos rameaux de feuilles dépouillés.
    Oui, vraiment, la nature
Vous a, pauvre voisin, bien peu favorisé.
Mais l'orme, balançant sa cime sans verdure,
A notre vaniteux répondit sans murmure
    D'un ton calme et posé :
    — Quittez, ce superbe langage :
Plus que vous ne pensez la nature est bien sage ;

Et tous deux nous devons, je crois,
Sans pouvoir les changer, en suivre au moins les lois.
Vous plaignez, dites-vous, ma triste destinée ?
De verdure, avant moi, votre tête est ornée ?
Si de feuilles plus tôt, on la voit se couvrir,
Elle est aussi plus prompte à se flétrir :
N'est-ce pas le cas ordinaire ?
Et votre front avant le mien, compère,
Quand l'automne sera venu,
Deviendra chauve et nu.

L'ENFANT ET LA ROSE.

A l'aspect d'un rosier, l'ornement d'un parterre,
Un enfant s'extasiait, charmé par les couleurs,
L'éclat, le doux parfum des fleurs
Dont l'arbuste épineux parait sa tête fière.
Sa première pensée et son premier désir
Furent de les cueillir.
Accoutumé d'avance à toujours obéir,
Le marmot se ravise ; il vole vers son père
Qui près de là se promenait ;
— Papa, dit-il alors, je voudrais une rose ;
Et son doigt désignait
La rose la plus belle et la plus fraîche éclose.
Le père donc la cueille, en fait don à l'enfant
Qui, d'un air joyeux, triomphant,

D'abord la considère ;
Il l'admire, il la flaire ;
Il croit que cette fleur dont son cœur est content
Jamais à ses regards ne cessera de plaire :
Que de gens, comme lui, partagent son erreur !
Mais la rose à la fin perdant de sa fraîcheur,
  Et soit humeur ou d'aveugles caprices,
Il effeuille la fleur objet de son désir,
Dont tout à l'heure encore il faisait ses délices.
Et mon drôle à son père alors de recourir,
    Et de vouloir une autre rose ;
Et le père de dire : — A quoi bon t'écouter ?
O mon fils ! ce serait toujours la même chose,
    N'ayant pas su te contenter
De celle que ma main d'abord avait cueillie,
Que tu trouvais pourtant si fraîche, si jolie !

De l'enfant, avec moi, vous blâmez la folie :
    Hé ! ne lui faites son procès
Avec trop de rigueur, vous qui lisez ma fable.
L'homme, entre nous soit dit, est-il plus raisonnable ?
Non, mais il veut jouir, jouir avec excès :
Et ses vœux accomplis ne sont point satisfaits.
Pour goûter plus longtemps un bonheur pur, durable,
    Pour vous épargner des regrets,
Si parfois son image à vos yeux se présente,
N'admirez que de loin cette rose charmante
Que pour vous le hasard a fait épanouir....
    Mais gardez-vous de la cueillir !

Plessis-Gassot, le 16 juin 1852.

A MONSIEUR AUVERT.

Je n'ai pas oublié le jour si mémorable
Où j'eus de vous connaître un plaisir ineffable,
Où, dans le seul instant d'un sincère entretien,
De notre intimité se forma le lien.
Heureux, je visitais la paisible retraite,
Où, fidèle à la loi que le sort vous a faite,
Sans chercher vainement un bonheur qui nous fuit,
Vous vivez retiré loin du monde et du bruit;
Et pendant quelques jours, qui trop vite passèrent,
La joie et le bonheur en mon âme régnèrent,
Quand, le regard fixé sur les lieux d'alentour,
Je contemplais, charmé, votre riant séjour.
Mais il fallut partir, et mon âme attristée,
Au souvenir des lieux qui l'avaient enchantée,
Répandit sur mes sens, compagnons indiscrets,
Un doux frémissement, signe de ses regrets.
Mais de Plessis-Gassot la ravissante image
Me suivit au-delà du terme du voyage,
Et je garde en mon cœur un touchant souvenir
Du séjour où souvent je voudrais revenir.
Je comprends que votre âme en puisse être enivrée,
Et qu'alors chaque jour votre Muse, inspirée
Par un pouvoir divin, élève ses doux chants,
Accords harmonieux, suaves et touchants.
L'agréable pays que chante votre lyre,
Sans cesse comme vous et me charme et m'inspire;

2.

Au lieu de l'admirer simplement quelquefois,
Oh ! que j'y voudrais vivre et rêver à la fois !
Mon cœur, avec raison épris de tant de charmes,
Éprouve à chaque instant de légères alarmes,
Depuis que tristement je me suis éloigné
Des lieux où mon bonheur quelque temps a régné.
Enfin, pour dissiper ma tristesse croissante,
J'ai de mes souvenirs une image charmante
Qui toujours me retrace avec fidélité
De tout ce que j'ai vu l'heureuse vérité.
Cette image chérie est dans vos *Primevères* [1],
Ces fleurs de la prairie à mon cœur toujours chères ;
Votre pinceau les groupe en un riant tableau
Qui procure à mon âme un charme tout nouveau.
J'en admire surtout la grâce si légère
Qui m'enivre sans cesse et parfois me suggère
Le charme le plus pur, les plus douces pensées,
Les inspirations louables et sensées.
Désormais je pourrai librement sous mes yeux
Placer ce talisman qui rend mes jours heureux.

Achille KOCH.

Paris. 15 juin 1854.

[1] *Les Primevères et les Soucis*, poésies de Juste-Urbanic Auvert.

RETOUR DU PÉCHEUR VERS DIEU.

DÉDIÉ A M. J.-U. AUVERT

PAR UN INSTITUTEUR.

Roi puissant des humains, vers ton trône immuable
Monte avec mes soupirs l'humble voix de mon cœur.
Je crois en ton amour, Providence adorable,
Et mon âme en ton sein respire le bonheur.

Dans mes jours affligés, marqués par l'infortune,
J'ai crié vers mon Dieu, mon unique soutien;
Et tu m'as répondu, toi que rien n'importune;
Lors j'ai trouvé la paix dans la foi du chrétien.

Naguère, indifférent aux récits de ta gloire,
Je prenais pour lumière une fausse lueur;
Et mon âme aveuglée, en toi cessant de croire,
Encensait son orgueil, chérissait son erreur.

Vainement l'univers m'étalait tes merveilles;
En vain le firmament m'annonçait ta grandeur,
Se parait le matin de ses roses vermeilles;
En vain du roi du jour y brillait la splendeur;

En vain, lorsque la nuit étend ses sombres voiles,
L'azur étincelait de mille feux épars;
En vain, faisant pâlir les tremblantes étoiles,
La lune au front des cieux brillait à mes regards.

Moi seul, homme insensé, mortel plein d'insolence,
Par l'orgueil enivré, bannissant de mon cœur
Tout retour vers la foi, l'amour et l'espérance,
Je doutais de toi-même, ô mon divin Sauveur !

Bientôt de mon esprit dissipant les nuages,
Un rayon de ta grâce en mon cœur pénétra ;
Alors je reconnus ta main dans tes ouvrages,
Et, t'avouant pour Dieu, mon âme t'adora.

Dieu de miséricorde, apaise ta colère,
Pour que mon repentir, expiant mon péché,
Me rende à l'avenir digne encor de te plaire,
Et qu'à ta sainte loi je demeure attaché.

Seigneur, toi seul est tout : vertu, sagesse, gloire.
Ton amour est pour moi la source de tout bien.
En t'implorant, Juda volait à la victoire,
Et fort de ton appui terrassait le Syrien.

Oui, pareil à Juda, maintenant je t'implore ;
Délivre-moi, Seigneur, des piéges du Démon ;
Détourne-moi du mal que ta justice abhorre,
Et mon âme à jamais bénira ton saint nom.

Des plaisirs d'ici-bas détache-toi, mon âme !
Afin que, plus légère, en prenant ton essor
Pour le séjour céleste où ton Dieu te réclame,
Tu quittes mieux la terre où tu rampes encor.

LES PASSERELLES.

MOESTITIA.

STANCES A M. J.-U. AUVERT.

Rapide court le temps, entraînant avec lui
Bonheur, joie et chagrin, espoirs de renommée,
Tendres affections. — Isolés, dans le bruit,
Nous vivons sans objet une vie alarmée,
Faite de souvenirs, dur voyage où tout fuit,
Se fane sous uos pas : jeunesse, voix aimée,
Chastes élans de l'âme, illusions du cœur...

Naître, souffrir, mourir : c'est toute l'existence.

Heureux l'homme pieux nourrissant l'espérance,
Parmi tous ces débris, d'un avenir meilleur !
Heureux l'homme pieux — le vrai chrétien — qui pense
Trouver enfin le port au sein du Créateur !

Obsèques de l'abbé de La Mennais (1854).

FRIENDSHIP.

STANCES A MON BON AMI WILLIAM ATKYNS COUSENS, ESQ.

Amitié, doux présent que le Ciel fit à l'homme, —
Planche où le naufragé s'accroche avec bonheur,
— Vivace attachement, qui verse dans le cœur
Un dictame aux douleurs, à l'angoisse un doux baume ;

Le désolé captif, armé de ton secours,
Sent son faix allégé ; ses yeux n'ont plus de larmes :
Portés à deux, ses fers vêtent pour lui des charmes. —
Priant, souffrant à deux, ses jours sont d'heureux jours.

Rueil-Bougival, mois de Jules 1853.

A LA RELIGION.

HOMMAGE A M. L'ABBÉ V. BLEU, CURÉ DE VILLIERS-LE-BEL.

Des mortels véritable mère,
Unique source de lumière,
De paix, de consolation,
Au premier pas de la carrière,
Au chevet du lit mortuaire,
On te trouve, ô Religion !

Ta voix de la timide enfance
Éclaire et guide l'innocence ;
— C'est en toi que les malheureux,
Brisés par l'amère souffrance,
Puisent leur suprême espérance,
Religion, fille des Cieux !

Au soldat vaillant qui succombe,
Au lévite martyr qui tombe
Apôtre de la Charité,
Aux militants de tes phalanges,
Tu réserves, au seuil des anges,
Les palmes d'immortalité !

Villiers-le-Bel, janvier 1854.

Paris. — DE SOYE et BOUCQUET, imprimeurs, place du Panthéon, 2.

www.ingramcontent.com/pod-product-compliance
Lightning Source LLC
Chambersburg PA
CBHW060909180626
46818CB00004B/1885

* 9 7 8 2 0 1 9 1 9 2 7 0 9 *